JN095503

詩集

ゆっくり五秒

井上英明

土曜美術社出版販売

詩集　ゆっくり五秒＊目次

I

Ⅱ

Ⅲ

装画／著者　カバー「沖縄にて　Ⅰ」二〇一九年
表紙「沖縄にて　Ⅱ」二〇一九年
扉「飾られている花」二〇一六年

詩集　ゆっくり五秒

I

また夢を語り合うことから

三十歳前半の夢は　街中で障害者施設を建てることだった　仕事で訪問する施設の多くは　急勾配で舗装されていない細い道で　辿り着くと山の中だった　緑陰　自然に恵まれた　と言えばそう言えるのだが　人を拒絶する自然の中で　とも言える

この門から　出るな　と言われても　風が葉を揺らし光が音と共に誘うのだ　眩しく見上げて　その誘いに乗ってしまうのが人の性なのだ　砂利道を逸れ　細い獣道

や　山菜取りが分け入った道に　間違って入り込んでしまえば　身の丈を超える雑草や日差しを通さぬ木々の中に迷い込み　歩き続け　蕨や茸やタラの芽などを　健脚な者たち　が採取した後の　冷たい大地にへたり込むしかない　それは門から出てしまった者への仕打ち

あの頃　私の街にあった　Tというスーパーマーケットが撤退し　建物はそのまま放置されていた　その前を通るたび　ここを買い取り　妻の実家から子牛を譲り受けて　障害者と暮らす施設ができないものかと同僚と考えた　三十歳を少し過ぎた　二人の子どもを持つ地方公務員の私に　そんな資力があるはずもなく　それでも鎖に閉ざされ荒れていくそこに夢を馳せた　私の夢は夢で終わったけれど　二十一世紀　社会は形を変えて　だが

誰もが住み慣れた場所で暮らしていけるように　一九八一年国際障害者年のスローガン　完全参加と平等　は達成途上にあるが　順風に今もはためいていると思っていたのに　蒸し暑い七月二十六日未明　住宅街に建てられた旗竿に纏わりついていた

一度開かれようとした門は　なんとなく閉ざされてしまわないか　悲しみは憎悪に変わり　私の心は無力さの中で　刃を　と願ってしまわないか　妻の実家にはもう牛もいなくなったが　拒絶する緑陰を思いながら　また夢を語り合うところから始めなければならない

開花宣言を聞きながら

今年の開花宣言は東京から始まった　その日　雨が降って　六つ目の花はいつ咲くのか　という予想にあけくれている穏やかな国　例えば　突然の風に揺られて花が終わる　その時　花弁を悲しむか　風を憎むか　いずれにしても散り際のいさぎよさを讃えるのだろう　そんな言葉で見送った人を忘れて

二〇一六年七月二十六日　あれから八か月後　テレビやインターネットが　輪郭を曖昧にして　何も主張しない

淡い色調であなたを伝える　それがあなたの生き様その
ものであっても　それだけがあなたの価値なのだと思い
込ませる　十九という数に括られてしまったから　私は
その一つにも辿り着けないもどかしさの中にある

間違いに気づく　共有したつもりの　痛みのようなもの
だけで　あなたを描いたから　あなたに負だけを押し付
けたから　悲しもうとする心は根拠を失うのだと　聞き
にくい声だとか　揺れる体だとか　うれしい時も歪んで
しまう笑顔だとか　それとともにあった命だとか　あな
たの痛みだとか　絶望する視線だとか　重さだとか

あの事件で　私の失ったものは何か　遠い場所にいて形
骸化した正義を振りかざし　刃を持った者と同じ憎しみ

を武器にしようとしている　だから私は泣けないのだ
だからあなたにたどり着けなかったのだ

十九の命はどんな花を愛でたのだろうか　その時どんな
ふうに愛でたのだろうか　どんな声で　どんな仕草で
どんな言葉で愛でたのだろうか　あなたにこだわりなが
ら　悼むことで始まる　憎悪や憎しみ　でも良かったは
ずだ

二〇一七年四月八日

爪

爪には　鉤爪　平爪　蹄の三種類があって　人は進化の過程において　荒野を制覇する蹄と　攻撃するための鉤爪を放棄した　自らの武装を解くことで　人となることを選んだ　相手の手を取り慈しむために　指の先に平爪を置いた

まだ何もできない生まれたばかりの　柔らかな手を慈しみ　その爪を美しいと思った　この爪は　時を経て　取り合った手に少しだけ力を込めて意思を伝えるものとな

る　だが意思を伝えられない爪もある

織り込まれている計画があると　この爪に期待を込めたのは誰か　だが平爪に織り込まれたのは　進化の中で決して攻撃しないという　約束　だけではなかったかかたちを伴わない優しさへの返礼ではなかったか　かけがえのない

二〇一六年七月二十六日未明　鉤爪を持つ功利的な神が幼い平爪のままの命を屠る　記憶の中の　暖かなその手を置き去りにして　あるいは振りほどいて

風が私に問う　屠られた十九の命の単位を　命が人に見える視線が欲しい　と祈りながらも　あきらめて曖昧に

するとき　私たちは同罪となる　体が鉤爪を放棄してな
お　心に鉤爪を求めさせる　神　がいるのだ

ウィトルウィウス的人体図

両手を水平に伸ばして立つと正方形の箱に入る　頭頂か
ら顎の先までの長さは身長の八分の一に等しい　二歩の
長さは肘から指先までの長さの四倍　など約五百五十年前
ダ・ヴィンチが宗教裁判を恐れながら鏡文字を添えた
ウィトルウィウス的人体図　科学者であったダ・ヴィン
チにとって　他意はなかったであろう　均衡のとれた平
均的な人体図を見ている

だが　平均的　この世に生活しているから　どうしても

その言葉に立ち止まってしまう　あるいは神の似姿とし
て造られたホモサピエンス　と言うから　こだわってし
まうのだ　私がここに居る意味　平均的な容姿を持てな
かったために疎外される命　がある

ウィトルウィウス的人体図に似せて　リンダ・サルツマ
ン・セーガンが描いた　男女の裸の素描を乗せて　パイ
オニア十一号は地球外知的生命を求めて今も飛んでいる
その生命へのメッセージ　均整のとれた機能美を宇宙人
は羨むだろうか

肩の高さまで右手を挙げて　掌を相手に向けるのは友好
のしるし　そして親指を見せているのは　手足が自由に
動かせると言う意味　女の身長は百六十八センチと計算

できる　らしい　解説されなければ解らない　機能美を
誇ることは威嚇的ではないのか　と思うのだ

健康を崇拝する文化は　ひと匙ひと匙養われた記憶を捨
てて　やがて来る憐みの中で看取られる　という予見を
も拒絶して　二〇一六年七月二十六日　暴力を持って
命が肉体から切り離されたのだ　神の似姿を持って作ら
れた体と誇り　比較して　心が心を抹殺する　行き場を
失った視線が　ウィトルウィウス的人体図を見ている

神の似姿　だが誰もその神を見たことがない　やがて土
に帰る体など神が持っているはずもなく　ただそう思い
たかっただけの　思い　地球外知的生命体が現れる日
人間より劣っていたら　やっぱり　すかさず攻撃するの

社会を乱す危険な存在として
不必要で
か

ボク

事件の後　パステルで書かれたボクの似顔絵が届いた
頬には薄いピンクが　髪の毛は茶色が混ぜられ　少し光
を持っていた　全体に淡く　背景の色に溶け込むような
輪郭で仕上げられている　あなたの気持ちに納得しなが
らも　あなたにとってこれがボクの存在の証であっても
ボク　ではないと思った

額に入れて壁にかけても　送られてきた封筒に戻して仕
舞い込んでも　三年後には褪色して　そこに描かれた

ボク　が判別できなくなる　三年は忘れるためにも丁度良い歳月

鮮明に覚えている　あなたのこと　正確には憧れたといういうべきか　掠れない明瞭な声　細いそれでいて的確に動く腕　何にも頼らずに歩く不思議さ　小さな胸　短いスカートの揺れに見とれたことも確かだ　でもそこまでボクからあなたが遠いのではなく　あなたから　ボクが遠すぎるのだ

ボクが名前を明かせないのは　あなたに　知ったことで生じる　義務を負わせたくはなかったからだ　あなたは　ボク　の名を持って祈ろうとするだろう　その時間が　優しさを疎ましさに変えることのないように

事件の後　以前のように世界は二つに分けられ　憎しみだけが残った　それもやがて輪郭を失う　だが　ボクは今日もここに居る　本当の　ボク　はあなたが身構える程の不幸ではなく

七月下旬のヤブカラシ

1

当たり前に　目的などを知らぬまま産まれてきた　直立できない習性だから　根を張り蔓を巻きつけ生きようとして　海棠に覆いかぶさるように茂ってみたが　海棠を枯らすつもりはない　キウイフルーツのように黄色や白の花でも咲かせられれば　朝の食卓に並べられる程度の実を付けられれば良いのだが　それもできないから　ヤブカラシと揶揄された

七月下旬　軍手をした手に蔓を引き千切られた　樹液で
軍手をわずかに緑色に染めた　青臭さで痛みを告げた
少しだけ　それが抵抗する唯一の方法だった

根こそぎ抜かれそうになったが　巻きひげがあきらめて
力を解いたので　蔓は手元で切れることにした　この後
も蔓は　二メートルの梢にしがみついたまま枯れるのだ
が　根は生きていて　忘れたころ千切る前と同じように
葉を茂らせる　性分だから　当たり前に　産まれてきた
が　産まれてきた意味など知らない　多分誰も　産まれ
れば生きようとする　それだけだ　覆いかぶさったが海
棠は枯らさなかった　次は足元のスギナに　除草剤を散
布するのか

2

暮れていく年の瀬　海棠に絡みついていたままヤブカラシの蔓は褐色になって　まだそこに在った　ヤブカラシを嫌っているわけではない　ただ疎ましく思う　長男が旅立った記念の海棠の梢から伸びた蔓が　家の壁をつたい覆い尽くしてしまうのではないか　私の暮らしまでも覆い尽くすのではないか　どんなに否定しても　肯定しても　ヤブカラシはヤブカラシで　嫌悪が疎ましさと同義語ではないということは　解っているのだ

正月恒例の駅伝をなんとなく見ている　後付けされた走る　意味の中で走り終えた　この人たちのこの後を　あ

るいは　頑張っても表舞台に立てなかった人たちのこと
を　比較の中では花も実もつけることのなかった　あの
人たちを思った　七月下旬の枯れたヤブカラシと重ねて

父のこと　あるいは遠近両用メガネ

ある日　病室に入って行くと　父は私に右手を突きだして　返せ　と迫った　癌の末期　六十年前も今もそして明日のことも混沌としていて　だから直に理解した　戦後父をだまし有り金を巻き上げた　仲間の一人に私が見えたのだ　他の患者に迷惑がかかると個室に移された今も　父はあの時代の成り立たない暮らしの中にいた

日曜日のミサの折　復活の希望を持って眠りについた兄弟姉妹を　と祈る　その都度父のことを思い出す　優し

かったのかと問われれば解らないと答える　嫌いだった
かと問われても　やはり解らないと答えるだろう　ただ
だまされやすく　そのしわ寄せは何時も共に暮らす家族
が背負った

二人の姉は　私より八歳もう一人は六歳年上だった　運
動会は白い体操着を着て競技に臨む　だから父に懇願し
た　二人で交代で着るから　一着だけ白い体操着を買っ
て欲しい　でも父は　その金を持って競艇場に行ってし
まったのだ　一着分の金を二着分にしようとしたのか
今となっては解らない　だが姉たちの悲嘆を思うことは
容易にできる

ある時は　私をにこやかに病室に迎え入れたので　危ぶ

んで　誰かわかるか　と問うと　わかっているよ富士重
工のイシイサンだろ　という　家族には見せたことのな
い笑顔　若い頃は家族を顧みなかったと思っていた父の
外面　晩年の病床が父の一面を教えた

父が逝く前の年の秋だったか　父に付き添って癌の宣告
を聞く　父は八十四歳　平均寿命を超えていて　今後の
治療方針を医師に問われ　衰えてはいたが認知症になっ
ていない父の前で　延命治療を拒否したのは私だ　それ
でいいよね　父に問うと小さく頷く

先日遠近両用メガネを新しくした　テレビの前で　柔ら
かな布で曇りを拭きながら思い出した　落ち着いて暮ら
せるようになった頃　レンズの真ん中に遠目と近目の段

差がある遠近両用メガネが流行った　父はようやく手に
入れたそれを　大切そうに汚れを拭きとっていた　今の
私のように

遠近両用メガネの視界の中で　私も父も時間を歪ませる
憎しみに混沌とする　逝って十四年が過ぎた父に問う
そろそろ和解する時期　か　生き方が不器用だったと思
いつくことで　わが家の祭壇の中の穏やかな顔が理解で
きるか　次の日曜日には　決まり文句としてではなく
復活の希望を持って眠りについた父を　と祈れるか

あの日と今日と

玄関の戸を開ける前に　頬を両手で揉みほぐす　仕事を
家に持ち込まないための儀式　ではなく　今日の出来事
の全てを受け入れる　自分と相手を納得しようとする仕
草だった　殻に閉じこもって　自分の正当性だけを主張
しなかったか　机上の空論ではなかったか　美しさだけ
を求めなかったか　閉じこもり化石化していったアンモ
ナイトのようではなかったか

彼は　教室の疎らになった学生に　教壇からうつむき加

滅に講義を行う　裏腹にキャンパスなどと言うほどの美
しさのない場所で　あの日　ベトナム戦争を批判するス
ピーカーがハウリングをおこしていた　そのあと彼は
一人校門で小さな葉書大のビラを学生たちに手渡した
「ベトナム戦争を否定するなら、私達の周りにある全て
の争いを否定しなければ」　それは神を信じない社会主
義者の彼の　職を賭けたビラ　私のなかの神への問いか
けだった　あれからも武闘は精鋭化されて　続き

左足を引きずり　手を添えられながら　八十二歳の男が
やって来て　祈りの後に諭す　「戦争のための最新鋭で
強力な武器を製造しながら、平和について話すことがど
うしてできようか」　神を賭けた発言　核の傘を頼りに
しているこの国の代表は　どの様に理解したのか　昨日

と同じ持論を繰り返し　それでも八十二歳の男は翌日の
ミサの中で　為政者のために祈った

符合するあの日と今日　あの日愛などと言う言葉を使わ
なかった彼の　葉書大のビラを見て震えた心が　今日神
を信じる者の声を聴いて震える　彼も八十二歳の男も
滅亡へ向かうこの世の　アンモナイトの美しさを拒絶し
て

海にて

水平線が視線より高い事を知ったのは　母の実家がある
新潟県の直江津の海だった　カモメが頭上すれすれに飛
び　感動したのだが　それよりも海が勾配を持って　視
線よりも高いことが　威圧的で　不思議だった　まだ小
学校入学前の秋だったかもしれない

祖父の危篤の電報を受け取るたび　母は私を連れて夜汽
車で日本海側へ旅立つ　祖父の容態が落ち着き安堵して
海に行った　潮の匂いと波の高さ　波音に追われるよう

にして貝殻を拾っただけの　拒絶するように濁って海水
は白い泡を作り打ち寄せていた　伯父たちは拒絶するよ
うに一様に無口で　ここには日の出も日の入りもない
何もない海

危篤の報のたび　母は駆け付けたのだが　祖父と母の関
係はあまりよくわからない　ただ祖父は時代に乗って財
を成した人らしい　戦争の兆しには古いブリキの一斗缶
まで買い占めたという　母と言えば　祖母の死後祖父が
再婚したことに反発し家を出て　海のない地方の町で
商売には才覚のない父と結婚　確執の中で四番目の子の
私が小児麻痺になり　最後まで祖父の笑顔を見なかった
最後に海に浸かったのもこの海だった　小学生の二人の

子どもを連れて来た　足の金属の関節を外して海に入ったが　期待した塩水の浮力より波の強さに恐怖して　それからは　浅瀬に腰を下ろして遊ぶ子を見ていた　それ以外何をしたわけではない　海を息子に見せたという事実が残り　二泊した帰り道　一家して町の食堂で味の薄いかつ丼を食べた

思い出せば　あの頃の私の家族は　失敗ばかりをくりかえす沈没しそうな船だった　母は反目しながらも　子どもの前では　海の遠いこの地の魚は不味い　と言い　故郷の魚の味を懐かしむ　拒絶されても　すがり付くふりをすることが祖父への　せめてもの礼儀

息子と金沢からの帰り　車を止めて海を見に行く　糸魚

川市親不知　この浜を北上すれば直江津に辿りつくのだ
ろうか　砂に足を阻まれながらも少し歩く　とりわけ思
い入れがあったわけではない　地名の由来となった断崖
と　ただ水平線の高さを確かめたかっただけだ　唐突に
波音の中で遠すぎて疎遠だった祖父のことを　思った
地名の由来は　車窓からこの海岸を見ながら　何度も母
が教えてくれた　親不知　か

忘れないで

二〇一一年三月十一日の東日本大震災の後　東京電力福
島原子力発電所崩壊による放射性物質を避けるために
そこから十キロ圏内にあった知的障害者施設を丸ごと
利用者と職員家族総勢百四人が　二台のバスと数台の乗
用車に分乗して　四月十五日に高崎に辿り着いたのだ
同窓の後輩は施設長として

旅立ったのは三月十五日　三春の滝桜を経て安住の地を
求めた　散り散りにならぬため　百四人が肩を寄せ合え

ること　それが決して譲れぬ条件　今の時代は旧約のときのまま　誰もが肥大した科学の虜囚だ　と言うのは優しい顔をして　計画停電の中でも安住している者の言い分

高崎についた初夏　県内の同窓会で　疲労を隠さずにやって来た後輩の顔を思い出す　忘れないで欲しい私達の事を　そんな彼の言葉とともに　別れの言葉を出会いのときに使った　その心情が　何もできなかった私への棘として残っている

二〇一六年　五月の連休を前に　後輩たち一行は福島県広野町に新設された施設へと旅立った　六度目の観音山の葉桜　忘れないでと懇願されたあの日を　テレビが伝

える後輩を見ながら思い返す　私は祈ることすら思いつかなかったことと一緒に

風の流れに怯え　風の先にあるその「地」を恨む　それは正しいこと　遠いその被災地には涙を流し　遠いその地の人と暮らしを分かち合おうとする　だがそこを潜り抜けてやってきたバスには　石を持って拒絶した　だがその人たちを私が非難できるか　放射性物質に汚染されたのはバスではなく　拒絶する心でもなく　無関心でいられる私の心なのだから

眠れぬ夜に思う　待ちわびた広野町の新しい生活には慣れたろうか　白髪と化した後輩の　五年間の異郷での流浪と　忘れないで　という言葉に　遅ればせながら　祈

りのように寄り添ってみたいのだ

過ぎ越しの夜には

うつ伏せに寝て　うつ伏せに寝かされて　うつ伏せに寝かされたまま　一年半を過ごした男がいる　右腕は掌を上にして体に沿って置かれ　左腕は手の甲を上にして穏やかに曲げた形で頭の上に置かれている　焼け爛れた背を覆うものはなく　痛みに息を殺して呻くことすらためらう　その背中からくる異臭は外気からではなく　肺を通り気管を通り鼻腔に届くのだ

今年も八月のあの日がやってきて　過ぎ越す手立てを知

らなかった人々への鎮魂　過ぎ越せなかった郵便配達夫の少年の　色つきの写真　今は年老いた男の薄い背のケロイド　薄い胸の左乳首の下の変形した肋骨と皮膚をあらわにして　その日があったことを伝える

過ぎ越しの夜には　屠った子羊の血を鴨居と二つの框に塗り　腰に帯を締め　履物を履き　手に杖を持って　屠った子羊を　味付けをしないまま焼いて食べた　入口に塗った血は贖いを行ったしるし　殺戮を過ぎ越すための

この時代にも過ぎ越しのための子羊が必要だったのか　誰かが生き延びるための殺戮　それにしてもキリストの死に至る受難は　どれだけの時間だったのか　磔刑と同じ悲惨で長い苦痛の彼を遠巻きにして　今も遠巻きにし

て　思い違いをしていないか　あの日は過ぎ越しの祭だったのだと　あきらめてはいないか

過ぎ越しの夜には　うつ伏せに寝て　右腕は掌を上にして体に沿って置き　左腕は手の甲を上にして穏やかに曲げた形で頭の上に置いてみる　身じろぎもせず　浅い呼吸をしながら考える　何も見えてはこない苛立ち　痛みへの苛立ちに　死　に憧れながら　あの人は一年半もこの形でいたのだ

今年も過ぎ越しの夜には　郵便配達夫の背中を問うが薄らごうとする記憶を安易に許してしまうから　結論は何も見えていない　だからキリストは磔刑の苦しみのままなのだ　今も

広島にて

広島に行く　記憶が形骸化して　物語になってしまわないようにと　傷跡を見に行く　広島県物産陳列館だった原爆ドームを見る　なにも守ることができず　ただ爆風に耐えて立ちつくす壁と　瓦礫になってそこに落ちるしかなかった壁　一月にしては稀に思う穏やかな風　七十年前に辿り着けないのは　悼みよりも怒りが優先してしまうからか　裏腹に　原爆資料館では欧米の人が　火傷を負った背中の黄ばんだ写真に涙する　この違いは何か

翌日　呉市の大和ミュージアムに行く　一〇分の一だという巨大な戦艦模型　いまだに当時の戦力を誇示してそこにある　それを見に行く　だが命の痕跡だけが見えない　隣り合わせのこの街には広島の痛みが見えない

唐突に思い出す　レオナルド・ダ・ヴィンチは「最後の晩餐」のモデルを街中で探した　キリストには品格や気品のある人を　だがユダだけは適当なモデルがおらず最後になった　ようやく見つけた金のためには主人を売るだろう卑しさが漂う　ユダのモデル　モデルはポーズをとりながら打ち明ける　キリストのモデルも私だ　と　歳月の流れの中でキリストのモデルは身を持ち崩し　今度はユダになった　というのである　良くできた寓話だが

原爆ドームをうなだれて見た翌日には　戦艦大和の模型を　疑うことなく勇壮と見る　ユダのモデルの話に似てはいないか　殺される側から　殺す側を　憧れを持って見ている　私

大和ミュージアムに行った次の日　帰りの飛行機の時間までを調整して　再び原爆ドームを訪ねる　太田川は澄んで流れているが　あの日無数の遺体が焼け爛れて溢れていたに違いない　対岸に降りてドームを凌駕するビルが入らないように　写真を撮る　知らなければ平和すぎる景色　若い男女が私を追い越して行くのだが　ここでは手をつながなくても良いのではないか　そんなことを思いながら　昨日呉に行ったことが　わだかまり　のよ

うにここにある

焼き場に立つ少年

八月十五日　ある者は終戦記念日と呼び　ある者は敗戦記念日と恥じる　いずれにしても盛夏　鞘に収めきれぬ躊躇する剣があって　優柔不断の心は的外れに悲しむいっそのこと鎌に打ち替えるべきだったと気付くのはいつか　遠い街の祭の　遠い花火の音に　逃れてきた祖国の空爆を思い出して怯える　彫りの深い顔の若い女を思い出す

長崎の原爆で死んだ弟をおぶい　唇を噛みしめて身動き

せず　焼き場で　直立して　火葬の順番を待つ少年　背中の死んでしまった弟は　過ぎ越しの生贄か　今日までのこの日を迎えるための　だが生贄に対する慈しみもなく　この国のこの年　元号を改元して喜びながら　小躍りしてみる　あの日　焼かれて風に耐えられぬほどの軽さになったあの骨を　いつ拾ったか　涙を流して　いつ弔ったか　生きている私に　そして改元して名を継ぐ者に問わなければならない　記念の食卓には苦菜は添えたか

聖母の被昇天祭*に向けて　贖いのために最も大切なものを手離す　自らが信じる神の家の真上に原爆を落とし　この日のために　ゆるしの秘跡を受けるために集まり　罪が赦されてまっさらになったきょうだいを　屠ったの

だ　少年の願いと背負われた幼い命とともに　終戦のための生贄として　問わなければならない　あの時から被昇天祭は誰と祝ったか　今日何と祈ったのか　あなたの贖いの捧げものは何か　を

八月十五日　昼間は戦死者を悼み　夕刻には　被昇天祭に行くのが慣い　神は生贄を嫌ったのに　未だ旧約の時代に居る　許すから許されるのか　許されるから許すのか　この日私は新たな問答を始める　いずれにしても血がにじむほど噛みしめて　絶望の暗闇に立ち尽くす少年の写真を見ている

＊　聖母マリアは死後、神によってその肉体と霊魂が天にあげられた。カトリック教会ではこれを記念して八月十五日を「被昇天祭」と祝う。

Ⅱ

アムプータ

四歳の孫の歩(あゆむ)はさ行の発音が難しくて　時折意味が不明の言葉となってしまう　初めて聞いた時　歩は豚　と言っているのかと思ったが　あゆむはぷーをした　つまり歩がおならをした　ということだと少ししてわかった

子どもは発達の段階として　うんち　おしっこ　おなら等に興味を持ち　相手の反応を楽しむように口にするダメ　と言ったところで　他のことに興味が移るまで続く　多分初めて相手の拒否の反応が感じられる　自分の

表現で　人間の誰でもが通る大人への喜びの過程なのだ

若い母親は待ち続けた　単語一つ発語される日を　次に
単語二つをつなげて意思表示することを　だから眉をひ
そめながらも　この子の　アムプータ　を家族で喜んだ

歩と言葉のリハビリテーションから帰ってきた若い母親
が　あきれたような笑顔で報告する　歩は自分のことを
女の子だと思っているらしい　これを聞いて小学校三年
生になった孫娘は大変とばかり　必死に　歩は男の子だ
よ　と言って聞かせるが意に介さない　パパも驚くだろ
うな　とは若い母親のつぶやき

比較されることは悲しいことだ　他の子よりも緩やかな

発達　などと慰めてみるが　その緩やかさを見続けるこ
とは　絶望することと隣り合わせ　弟の緩やかな発達に
気が付いた孫娘が　家族という温かい孤独を共有する決
意をする　幼さを意識していない四歳と九歳の思いに
痛みを知らない者は何時たどり着くのだろうか　アムプ
ータ　比較することの無意味さとともに　今朝は歩四歳
の春である

ケンケンパッ

ケンケンパッ　ケンパ　ケンパ　ケンケンパッ　ケンパ
体の思いに追いつくように心が育っていく　六歳の孫娘
は　地面にプラスチックの輪を幾つも並べて　空色のス
カートを翻して遊ぶ　リズミカルに　ケンケンと片足で
輪の真ん中に飛び　ケンパッで二つの輪に両足を開いて
踏む　そんな遊びがあったと孫娘の声を　遠くに聴きな
がら思った

半ズボンを嫌いだしたのは　ケンケンパッと跳ねてみた

が　跳ねるのはいつも左足で　持ち上げた右足は　後側
に蹴り上げておくことができないことを知ったころだっ
た　シンメトリーではない体に　痛みを伴って心が追い
つく　六歳の孫娘より少し上の　小学校に入学した後だ
った

今まで置き去りにされていた体を載せて　義足で走る
相手から打ち返されたボールを　車いすで追いすがる
心を体が追う　そんな一生懸命を見て涙を流し　結果の
美しさに感動するのは　人間の習性だが　少し違うと思
う　最先端の科学を身に纏えない者は　置き去りにされ
て　打算的に可能性を持つ者だけがそこに居る　パフォ
ーマンスだけがそこにある　少し違うと思うのだ　あき
らめの中で

一歳の誕生日が近づいた頃　柔らかな生地でできた小さ
な靴を買い　いつ立つのか　いつ一歩を踏み出すのか
そんな期待をしていたことを思い出す　長い影を創る日
差しの中で私が忘れていた掛け声が聞こえてくる

ケンケンパッ　ケンパ　ケンパ　ケンケンパッ　ケンパ

ゆっくり五秒

ゆっくり五秒　食前の祈りに要した時間　虐待のニュースに憤っていた時間　介護施設に入所している義母に思いを馳せた時間　腎臓を病んでいる姉のために祈った時間　耳が遠くなった母にそっけなくしたことを悔いた時間　亡くなって十年が過ぎた父の顔を思い出していた時間　共稼ぎの二男の家族を案じた時間　思いやったというには短すぎて

今日　歩(あゆむ)がリハビリで　ゆっくり五秒　立てたんです

弾むような声で　長男の嫁から報告があったのは　五月
十一日月曜日夕方六時過ぎだった　腰に添えた手をそっ
と離す　体を揺らしながらその位置でとどまる

いーち　にーい　さーん　しーい　ごーお

ろーく　と続ける前に　体勢を崩したので　慌てて再び
手を添えたのだろう　待った四年三か月に等しい　ゆっ
くり五秒　があった

健康な者たちの脈拍や呼吸にも似た秒針の動き　ではな
く　日差しの動き　でもなく　もっと静かな　もっと穏
やかな　ゆっくり五秒　ゆっくり　とは長男の家族だけ
が共有する時間の単位　絶望とか　希望とか　そんな安

易な単位ではなく　この家族にだけしかない　ゆっくり
という　秒針

車から玄関までの雨に打たれた時間　膝の痛みを忘れる
までの時間　居間の二重のサッシを開けて空を見上げる
までの時間　置き忘れた杖の位置をたどる時間　悲しみ
を悲しみのあった場所に置き去るまでの時間

呼吸を整えて　支えている孫の腰から手を放す　孫も呼
吸を合わせて　テーブルに置いた手を少し持ち上げる
当たり前の　ありきたりの記念日のような　成長の過程
を　その都度　長男の家族は立ち止まりながら喜ぶ　喜
ぶことを知っていると思った　ゆっくり五秒

何もしない日　1

人に会う予定のない日は髭をそらない　髭をそらないだけなのだが　何もしない日　と私の中で呼んでいる　庭に出て隣の家の畑に伸びていった枝を切る　ピンクの海棠の花が終わり　居間に差し込む日差しが短くなった

幸福を思うことを停止する　少しの不幸もそのままにすれば　世界はゆっくりとした呼吸になって　膨張することを休むだろうか　いつの間にか幸福を願うことが　見えない相手を不幸にしてしまうような気がして

難病を持つ子どもの血液が欲しい　と研究機関から要請
を受ける　遺伝子の異常が発見できれば　研究は進歩し
て　同じ難病の子どもを救うことができる　若い母親は
何と答えたのだろうか　難病の原因を突き止めて　治療
方法が確立するまでの間　羊水検査によって判明した障
害を持つ胎児が　堕胎によって抹殺される危険は　説明
されてはいないのだろう

感覚を失っている右足を　左足が引きずるようにして歩
く　夜には左足が悲鳴を上げるのだが　右足も悲鳴を上
げた左足も不幸とは限らない　今夜は　左足の痛みが和
らぐようにとは祈らない　痛みの在り処のために祈る
化学者はゆっくりと研究すればいい　他人を侵食しない
程度に

何もしない日　2

今日は何もしない日と決めていたのに　そんな日に限って早く目覚める　子供のときの日曜日のようなものか
東側の窓が明るさを増していく様を見ながら　今日は濃いコーヒーを飲みたいと思った　濃い目に調整したコーヒーサーバーと深く吸い込んだ煙草　何もしない日なのに　いつもよりどれだけ多くの二酸化炭素を排出したのだろうか

雨上がりの白んでいく空に　紫陽花が発光しているよう

に見える　歩道に伸びてしまう枝を切り落とし　痛めつけているばかりなのだが　三十年来毎年花を付け　薄い桃色と紫の　私の持っている儚いイメージとは違い　強い花であることに驚く

小学校の理科の授業で　樹木は光合成のために　どの葉も一日一度は日差しが当たるのだと教わった　葉は光の進む道を探すように動くのか　あるいは上の葉が　身をよじって下の葉に光を届けるのか　風が吹き木々の間の日差しが揺れる　鳥が来てそれをついばんで　自然の摂理の中にも愛はあっていい

何もしない日　せめてと　インドで二十年前に亡くなった老女の言葉の　日捲りのカレンダーを捲る　「特別な

ことは望まないようにしよう」　何もしなければ　日差しも風も優しくて

ミルキーウェイ

夕方　南向きの部屋でウイスキーを飲みながら　思って
いる　庭の南側の木が伸びすぎて　隣の家の畑を侵食し
ていること　海棠の葉に虫の巣を見つけたこと　枝を切
ることも　虫を退治することも　あるいはそれらをしな
いことも　私の裁量の中にあるということか　居間に差
し込む日差しが短くなったことにも気付いた

枝を詰めなければと思っていた木の名前を　「ミルキー
ウェイ」だと思っていたのだが　どうも違うらしい　二

十数年前　小学校卒業したら旅立つという長男の記念樹
として　ブルーベリーと海棠と「ミルキーウェイ」を
植えたつもりだったのだが　十年前に帰って来た長男は
隣に家を建て　今は二人の子の親となっている　ブルー
ベリーにしても　思いだけが残ってしまったようだ

枝を切らなければ　殺虫剤を撒かなければ　自然は躊躇
した時間だけ命を永らえる　今日何もしなかったことで
隣家との関係は悪化し　海棠は枯れるだろうか　間に合
わなかったことで救われた命があったのなら　それもい
いだろうと　ほろ酔いの視線と頭が思う

夏になればたくさんの白い花を付け　あたかも天の川を
思わせる　そんな樹木だと思っていたのだが　二十数年

たっても未だにそれを見ていない　人も花も　花を付け
ることが幸せなのだろうが　幸せにならなかった分　遠
い所にいる人を不幸にしなかったと　思いたい　少し酔
いながら

魔法の呪文

一九六四年　中学校最後の三学期を迎えた教室で　日頃は目立たぬ同級生がおどけて　ボーイズビシャスビシャス　と同級生に声を掛けてまわっていた　私の所にも来た　彼の言いたいことは　ボーイズ　ビー　アンビシャス　お互い大志を持とう　ということだった　あの時は今更何を言っているのか　と腹立たしく追い返したが今朝のテレビでその言葉を耳にして　彼を思い出した
後から知ったのだが　彼にこの言葉を教えたのは　教会

の日曜学校の外国人宣教師　英語の発音が聞き取りにく
く　ボーイズビシャスビシャス　となったようだ　何か
にすがるようにそこに行き　クリスマスがあって　少し
だけ夢が見られる　この魔法の呪文を教わったのだろう

それから少しして　放課後の教室で　彼はポケットから
萎びた小さな蜜柑を取り出し　私に差し出した　唐突で
何故と思うばかりであったが　今朝気づいた　教えの通
り僅かな物も分かち合おうとしたのだと　そして私はそ
れを　受けとるべきだったと

卒業後彼は就職　安定の兆しが見えた社会だったが　ほ
どなく家族も彼自身も平衡感覚を失って失速したことを
知る　それからの消息は分からない　大志　は苦境の中

で輪郭を露わにするが　多くの場合成就しないまま　霧散するものなのか　色褪せた魔法の呪文だが　時代を慰めながらあの時を支えたから今がある　と言いきれるだろうか　無情にも等量ではなかった結果を恨みながらむかし映画館で見た　北海道を去る髭のクラーク博士を思い出す　そして馬上から学生たちを鼓舞した言葉　確かに手帳のどこかに　私も書き留めていたはずだ

振り向く

体重を預けて　突然に振り向くものだから　金属の関節が軋んで　前を行く人が振り向いた　軋んでも　私の肉の関節に痛みがあったわけでもなく　振り向かせたことを申し訳なく思う　振り向かせたことで　振り向いた人の驚きで　忘れていた人を思い出した

小学校の入学を控えた晩秋だったろうか　母と金古町の施設を見学した　若い保母が施設を案内する　小学校の入学は一年遅らせて　母と保母の会話が聞こえた　畳敷きの部屋の中に私と同年齢の一人の少女がいて　紹介す

るかに保母が呼びかけ　少女は膝でいざり　廊下と部屋
を仕切る障子の所までやって来た　薄い光の射す部屋
僅かに湿気のある空気　保母のこの地ではない訛りとく
ぐもった声　そんな印象が残っている

結局施設には入らず　家族との生活が続いたのだが　ふ
たつある道のひとつを選んで　選んで歩き出した後に振
り返り　向うの道はどうだったかと　引き返せぬ位置で
思うことがある　それはあの分岐点に　何かを置き去り
にした　ということかもしれない　幸せになる事を求め
て　そこに居た少女を　不幸だと決めつけるわけにはい
かない　うらはらに不幸を共有するという　幸せだって
あるかもしれない　と思うのだ

子どもたちが　空想の中でヒーローに変身して　身に纏う超合金の鎧　とは大分違うが　金属の関節を付けることは　それまで共有していた悲しさを見失うことか　見失うことで生まれ変わったと思い込むことか　比べることにも　比べられることにも慣れたつもりだったが　振り向かれたことで気付いた　あの日　私も　振り向いた人と同じ眼差しをしていたのではないか

「生き延びるために振り返らずに逃げよ」* それでもロトの妻は振り返ってしまった　未練ではなく　置き去りにすることの痛み　だったかも知れない　今日の夕闇に金属の関節を付けて振り向くと　私のあの時の心が　塩の柱となってそこに立っていた

＊　創世記十九章から引用

Ⅲ

終講試験

四月から七月中旬にかけて　社会保障・社会福祉の講義
を　看護師養成校で行った　とりあえず健康な学生には
程遠い世界であったろう　前回の講義内容を質問しなが
ら寝込む学生を起こす　十四回二十一時間　薄い反応に
疲労感が残った

私と学生の目的がかみ合わない　私の目的は福祉の思想
を伝えること　彼らの目的は単位の取得と国家試験に合
格すること　国家試験の正解はたった一つで揺るぎよう

もなく　この国の行く末を数値で表そうとする　二〇四
八年の人口推計は一億人を割るとされている　だが私の
思いは二十二年後の事よりも

終講試験の準備に入る　だから少しだけ学生たちに予告
する　「二〇一五年秋　茨城県教育委員会の当時の教育
委員H女史は　『妊娠初期に障害の有無が分かるように
できないか　大変な予算だろう　生れてきてからでは本
当に大変』　と障害を持つ胎児の堕胎を奨励する発言*」
福祉を学んだあなたの感想を述べよ

猛暑と豪雨が交互にやってくる　暗い空を　思わせぶり
な　などとこの時期は言えないだろう　過去が貪っただ
け　自然も人の心も荒廃してしまった　そんな空の下

泣き愚図る孫の外来診察に付き合う

未来から今を見渡せたら　原初から孫の痛みまでたどることができて　なだめる若い母親の苦悩も知ることができるに違いない　しかも肯定的に　それができたら　未来は少し変わって見えるに違いない　それにしても学生たちは私の問いにまっすぐに答えてくれるのだろうか

＊　インターネットニュースから引用

姥捨て

姥捨ての伝説から話を始める　エアコンの程良い涼しさの中で　うつらうつらと寝入ろうとする学生に　社会保障制度をどう説明すれば良いのか　考えあぐねて

冷夏を過ぎて　収穫の無かったその秋　どのように食いつないだのか　ある家では　生まれたばかりの赤子の口と鼻に濡れた手拭いを押し当てる　ある家では　働けなくなった年寄りを山に捨てに行く　姥捨ては日本だけではなかった　西欧では　村人が集まり　崖淵にひとりの

年寄りを立たせて　長い棒をその年寄りの腰に当て　小さな掛け声と共に突き落とした　みんなで突き落としたのは　痛みを分散するため　そんな歴史を繰り返しながら　制度は生まれたと説明する

どんなふうに聞こえているのか　命を継続させるための手法　仕方が無かった　仕方無いと思えば　問い詰め責めることはできない　棄てた者が棄てられる　突き落とした者が突き落とされる　二つの痛みを順を追って味わいながら　諦めるしかない　学生たちは自らの命に重ね合わせることができたか

社会を継続させることが正義だ　と伝えながら　裏腹に思うのだ　あの時代　何故共に飢えることを選ばなかっ

たのか　切り分けるパイの大きさは今も同じで　制度が
及ばなかったアパートの一室の　白骨化した親子　の取
り分は何処に行ったのか　社会保障制度は空腹を満たす
ことと定義したが　空腹を満たすことの痛みまでは伝え
られなかった

共生についての一考察

国は共生社会を目指している　などと看護学生の教科書
に書いてあるから　明日は七十四人の二十歳の健康な学
生に　障害者福祉における共生社会　について説明しな
ければならない　謝罪　賠償　報復　制裁等の言葉が飛
び交っていて　あからさまに最新鋭の武器だってちらつ
いているのに　俺だけに　共生社会　の理念を説かせ
るのは　おかしいと思うのだ

夕食の酒に酔いながら　共生関係にあるという　イソギ

ンチャクとカクレクマノミの暮らしをインターネットで
見る

イソギンチャクは刺胞毒を発して近寄る魚を餌食にする　だがカクレクマノミには効かないようで　大きな魚から身を守るために側に居る　代わりにイソギンチャクはカクレクマノミの食べ残しを食べている　カクレクマノミは空腹になると　イソギンチャクの触手を食べたりもするらしい　これを代表的な共生と呼ぶらしい

共生とは　互いに物理的な役割を持つ　集団的自衛権ということか　酔いながら他の例示を探す　学生には　共生　とはギブアンドテイクの関係ではない　と言いたい

のだ

昔　ひ弱で養鶏場では捨てるしかないヒヨコを　兄が
祭りの露店で買ってきた　二日三日で死んでしまうと
思っていたのだが　ヒヨコは生き延びて鶏になった
面倒を見ていた兄になついて　後を追い　肩に乗って
痛くないようにつっつついて手から餌を食べる　雄鶏だ
から卵を産むわけでもないが　今流に言えば癒される
ということ

あの鶏には後日談がある　食料の乏しい時代で　近所の
大人たちが兄に　肉が固くならないうちにひねって喰っ
ちまおう　と言っていた矢先　鶏はある朝突然に姿を消
した　兄は泣きながら近所を探し回ったが見つからず

諦めきれないまま　なんとなく原因を理解したのだろう
ネギマを頬張りながら空ろな記憶を追う　貧困の時代に
は　愛玩動物まで食わなければならなかった　その事を
も含めて　あれが共生って言う状況なのだろう　と　だ
が健康で笑顔を分け合っている　とりあえず物質にも不
自由のない学生に　理解してもらえるだろうか　混乱し
ているのは酒の所為ではなく　曖昧でもいい日常にも
論理的でなければ納得しない　この時代の　疎ましさな
のだ

ロートレックのステッキ

旅行の説明会で　飛行機の中では直杖は邪魔になると言われて　飛行機に乗るときは折り畳み式の歩行補助杖を使っていたが　それも古くなり関節が緩んで音がしだした　消灯後の寝入ろうとする飛行機の暗闇に　やっと慣れたエンジン音とは違う　カチカチという金属音　はばかられて新しいものを買った

細身の見栄えの良いそれに体重を懸けると　少し頼りなくたわんで　ロートレックのステッキを思い出した　ロ

ートレックのそれは　本体部分に細い酒瓶とグラスが仕込まれていたという　酒瓶を仕込むために本体を空洞にしたステッキ　事実ならばロートレックの体重は支えられなかったはずだ

パリの酒場ムーランルージュで　踊り子に囲まれ　酒におぼれて　店が閉まればその場所で　その酒場のポスターを描いていたという　障害者である彼が　ムーランルージュに入り浸っていたのは　同じ差別される境遇にある　踊り子や娼婦に共感したからと　後の人は言うのだが　そこがステッキよりも酒に頼らなければならぬ　彼の性に合っていた場所　ということで良いのではないか

直杖は他人に迷惑がかかるというよりも　凶器になる

と思われているのかもしれない　なにせ　傷痍軍人を装
ったジャッカルは　ライフル銃を松葉杖に偽装したし
座頭市の杖は敵の気配で直刀となった　シャーロック・
ホームズの持ち手がUの字のステッキも　時には犯人の
首に絡めたり　足を掬ったかも知れない　いずれにして
も非常時には武器と化すのだが　アブサンが仕込まれた
ロートレックのステッキも　蔑んだ相手に反撃できる道
具ではなかったか　ただし酔いの妄想の中で

飛行機の中で出されたビールを飲み　折り畳まれた杖を
伸ばしてトイレに立つ　酔いながら　たわんだ杖を細い
通路で操りながら　再びロートレックを思う　入院させ
られた病院で不安に駆られ夜半　ステッキの頭を外し
アブサンを取り出せたか　酔いが醒めていく恐怖に震え

て

うまくグラスに注ぐことができたか

飯田橋駅で

飯田橋駅で降り　慎重に出口を探し表に出て　地図を見る　日差しのない曇り空は影を作らず　進むべき北の方向がわからない　地図は省略されたイラストで　自分の位置すらも見えない　道は地図よりも多く　駅から放射状にあった　とりあえずそれらしき左の道を選んで歩き出す　歩きながら思う　いつだって目的地は選んだ方向の反対側にあった　と思った去年の六月だった

それより三か月前　義姉の膵臓に癌が発見され　それか

ら二か月後　義母が水に濡れた床で転倒し骨折する　義
姉は抗癌剤の気怠さと感染症に怯えながら　腹水に体力
を消耗させていて　義母は自宅から約半径四キロメート
ルの位置にある　病院と介護施設を巡り歩いている

苦境にあっても　穏やかな気持ちで過ごすことができま
すように　祈りながら思う　告知された余命に失望して
いるのは　周りの者たちかもしれない　取り敢えず　二
つの命を支える方向を近親者で話し合ったのだが　取り
敢えず　にしては六か月は長すぎる　義母は　目まぐる
しく変わる環境の変化に耐えられず　近い過去を欠落さ
せ遠い過去を甦らせている

義姉ではなく　義母を見舞うために出かけた妻を玄関で

見送り　去年の六月の飯田橋駅を思い出している　日差しのない出口で　実際の風景とイラストの地図を見比べながら　混乱していたのは私　近そうだからとタクシーに乗らなかったことを恨んだ　初めての会合に汗ばむ新しいジャケットを選んだのも私

いつも二者択一を迫られて　どちらかを選択しても　躊躇して選択しなかったとしても　人が作った刻は平然と流れて　後悔を形作っていくのだ　余命を刻む義姉の鼓動と　帰宅が叶わぬ義母の悲しみを肩代わりして

模擬銃を買う

数日前に通信販売で注文した品物が届く　八十センチほ
どの長さ　ずっしりと重く四キロはあるはずだ　二重の
段ボール箱の包装を解く　外装はありふれたベージュ色
その中から黒を基調とした化粧箱が現れた

発泡スチロールで保護されて　現在のアメリカ軍が主力
にしている銃を精巧に模した玩具が出てきた　全体的に
鈍く黒光りしているそれは　アサルトライフル　と呼ば
れ　突撃銃と訳されている　銃身の上下左右には　より

正確に敵を狙うための　スコープ　暗闇でのライトや暗視鏡などを取り付けるレールが付いていて　狭い所でも振り回せる短い銃身

スライドを引き　部屋の隅にあるテレビの　ニュース画像に映る私の思いに反する人物に照準　滑らかに引き金を引く　テレビの中の人物はそのままで　カチッという音で終わった　銃器に憧れるのは劣等感の裏返し　そうなのか　そうとも言い切れない社会　せめて形ある敵を　見えないところで撃つのだが　引き金を引く前もその後も変わりない現実　変わりない心境

本物と同じ重量と構造を持った玩具は無敵に思えるのだが　本物を手渡された兵士は　玩具を手にしたような心

細さに見舞われるに違いない　本当は理解している　たとえ弾丸が　この玩具から飛び出したとしても　変えられる世の中はどこにもないのだと

箱から取り出したまま　二階のコレクションルームへ放り込む　百数十丁の模擬銃の中へ　照準した「敵」はその何倍か　同じ「敵」を何度照準したろうか　空しさが薄らいだころ　いつものように　もっと強力な武器を探し始めるに違いない　探し求めるのは　私　だけではなく

テレビは香港のデモを伝える

犯罪者を本国に引き渡す法案をめぐり　それに反対する
香港のデモをテレビは伝える　自由に発言することも犯
罪になりかねない場所になること　に若者たちは抵抗し
ているのだろう

一九七〇年代のあの騒乱は何であったのだろうか　アメ
リカ帝国主義　と揶揄して反対し　アンチ民主主義を掲
げたけれど　突き詰めれば　社会主義的平等と　資本主
義的自由のどちらを取るかの選択　私は　平等を選択す
る不自由さに気付いていなかった　ただ不平等を呪う

悲観的な福祉系の学生であった　今は安定した位置で
自由とは平等に幸せを追求できる自由　だと看護学生に
は教えるのだが　このことにも本心から納得しているわ
けではない

シナバモロトモ　そんな言葉が合言葉となっている　と
アナウンサーは言う　こんなにも若い人たちを悲壮的に
して良いのだろうか　民主主義とは何か　豊かさの中で
それすらもおぼろになっているが　私はそこに居たらマ
スクをしてデモに参加するだろうか　それが遠いこの国
に居る自身への問い

早々にテレビは　ラグビー世界大会開催の　街の歓喜を
伝え始めた

優しいふり・あるいは相対的評価3

走りながら後ろを気遣うことが　体育　だと思っていた
のだが　金を賭けた競馬でもあるまいに　追い抜けだの
抜き返せなどと言う応援　勝てばヒーローで　やればで
きる　勇気を与えたと言い出す　欲しかったのは　必死
に走りながらも後ろを振り向く　気遣いだったのに

小学校の体育の成績はいつも　五段階評価の　3　だっ
た　みんなが走る時は見学で　見学をしている私に　い
いなあ　と声をかける　本当にそう思っていたのか　優

しい言葉がけだったのか　未だに解らない　結果として
相対的評価　3　先生の優しさだけど　あの時は自分の
居場所を探していたし　走らなかった私より下がいて良
いのかと思ったのも確かなことだ

二〇二〇年夏　一番を決めることに　サムライ　だの
ヤマトダマシイ　だのとけし掛ける　私に武士道など解
ろうはずもないが　三十年も昔　息子たちは剣道の試合
で勝つと大声で喜んだ　そんなとき剣道を教えてくれた
牛乳屋の馬場先生は　負けた子の事も考えろ　と窘めた

競り合いながら　ゴールでは姿勢を崩しながら頭を突き
出す　滑稽な姿は本人に見えていない　昔子どもたちが
夢中になった　月光仮面ごっこ　の背中にたなびいてい

ない風呂敷のようだ　所詮　かけっこ　とか　ボール遊
び　と言ってくれればそれで納得するのだが

人の価値は体の機能に比例する　そんな錯覚さえも起こ
しかねない　作り出された熱気　二〇二〇東京オリンピ
ック　だが開会式直後の　七月二十六日　障害者殺傷事
件から四年目だと誰が気づくだろうか　錯覚を肯定化す
るように　表彰台の上では　悪人を退治した月光仮面ご
っこのヒーローよろしく　見得を切りはじめるのだろう

小学校時代の通知表の体育の評価3は相対的評価だった
のか　絶対的評価だったのか　ふと解らなくなることが
ある　相対的評価だって時が過ぎれば絶対的な評価　頑
張った　けれどたどり着けなかった頂点と　頑張ってい

たのだからと　3　に振り分けた優しさと　そもそ
こに居場所すらないことを思えば　二〇二〇年夏のその
日にはせめて　たかが遊び　と言い切ってくれる　優し
いふり　のパフォーマンスが欲しいのだ

Ⅳ

待降節に——中村哲氏の死を聞いて

その日私は　ポルトガル・リスボンの街を走るケーブル
カーを　黄色の絵の具で描いていた　大航海時代の富に
よって建てられた　ジェロニモス修道院　祭壇に手を合
わせることもそこそこに　ケーブルカーで往復したこと
だけが思い出された

その日は待降節四日目　貧しい国の暮らしを支えようと
した男が殺された　来(きた)るべき方はあなたですか*1　そんな
問いがこの男にあって　男はその声に従ったのではない

か　私が安全な場所の安全な教会を旅していた時　彼は
銃弾に怯えながら水路を掘り　私が旅を懐かしんで安穏
と黄色の絵の具のチューブを絞っていた時　男はこの時
代が引きずる憎しみをその身に受け止めた

どんなに言い訳を考えても落ち着かない私がいる　来る
べき方はあなたですか　そんな問いが私にもあったはず
で　来るべき方　ではなかったにしろ　来るべき方を知
っている私は　希望をつなごうとする者に　何らかの答
えをしなければならなかったはずだ　先祖の過ちを償う
ために生きているわけではないが　先祖の作り上げたも
のの上で生活していることは確かだ

待降節八日目　ミサの旧約聖書朗読箇所には　キリスト

の再来の日についてこう記していた　彼の追悼のように

　　雌牛と熊は草を食み

　　その子らは共に伏す

　　獅子も牛のようにわらを食べる*2

彼の死によって夢から覚める　祈ってさえいれば神の国へ着く　なんと浅はかな夢であったか　待降節とはそこに辿り着くための痛みのときだったのに　せめて祈らなければ　彼がキリストの再来の日を待たずに　今日御国に居ますように　と

待降節第三週目に入る　黄色の車両の形を整える　聖母は今も貧しい旅にある　旅の果て聖母の陣痛の末に生まれてきたキリストに　私はあなたによって救われると祈れるか　待降節で　待たせているのはキリストではなく

待ちわびたのは私ではなく

＊1　来るべき方はあなたですか　マタイ十一章
＊2　雌牛は熊と……　イザヤ書十一章　から引用

その人に

――ウバルド・霜鳥俊一さんの逝去を悼んで――

1　その人のこと

小さな村の　大通りから少し入った所に七十年前からあ
る　小さな写真館の主が　病院の昼食を喉に詰まらせて
息を引きとった　何も誇ろうとしない穏やかな人だった
が　病床で百歳まで生きたいと話していた　だが百歳を
三週間後に控えた穏やかな日だった　その人のように
新潟の雪の深い村から　南関東の写真館に就職　戦争に

は二回行っている　どこの戦地か　鉄砲を担いだかは聞
いていない　記録写真担当兵士で　馬上の指揮官の写真
を撮ったと聞いたが　それ以外のことは語らなかった
その人と風呂に入った時　横腹にひきつるような傷があ
って　どうしたのかと聞くと　敵に撃たれた傷だという
のだが　どうも私を楽しませる作り話だったようだ

敗戦による武装解除の時　ポケットから出てきたロザリ
オ*を見て　アメリカ兵は　それは持っていて良い　と返
したという　その人にとって戦争の呪縛から解放された
一瞬だったか　ロザリオを見たアメリカ兵にとっても
なぜそんな話を私にしたのか　その人は　私にそんな話
を聞かせたことも忘れていただろう

枕元に置かれた古い祈禱書とロザリオを見たとき　ふるふると心が震えた

＊　ロザリオ　神への取り次ぎを聖母マリアに願う時の信心用具

2　若い女のこと

小さな村の　変わったことといえば占領軍が駐留し　新たな　生きる　という戦争が始まったことだ　そして小さな村にふさわしい小さな教会ができたことだ　その人の写真館は　写場と呼ぶ仕事部屋以外に　八畳と四畳半と小さな台所　ここで家族三人が暮らしていた

ある日アメリカ人宣教師が　アメリカ兵の子を身籠った
若い女を連れて来る　不浄な子として当たり前のように
抹殺された時代　この家で生ませて欲しいというのだ
その日から見知らぬ若い女に一部屋を与え　つつましい
三人分の食事を四つに分けて共に囲んだ　そして　ひと
つという単位の命を　一人　という単位に変えた　美し
い最も小さな者を守り切った

これが戦争の結末なんだと　頭(かぶり)を振り諦めようとする
あるいはたったひとつの命を救ったところでと　冷やか
に見ていた者たちがいる　戦争という傷を負ったその者
たちの　無数の冷たい視線が　その人の心を貫いていた
に違いない　言い返さなかったのは　若い女の痛みの一
部を黙して引き受けるためだ　戦争の傷の痛みも　若い

女の痛みも　そして混乱の時代に生まれた命の痛みも重
さも知っていたからだ

幼児（おさなご）は　その日の内に　同じ目の色の人に引き取られ
日を経ぬまま海を渡った　若い女も傷を抱いて一人で旅
立った　若い女のその後のことは解らない　だが　われ
らの日用の糧を今日もわれらに与え給え＊　と　その人の
家族が唱えた祈りを　時折　傷と共に思い出しているの
ではないか　それで良い

＊　われらの日用の糧を今日もわれらに与え給え　という祈りは、キリ
ストから弟子たちが教えられた祈りの一部分。二〇〇〇年ころまで遣
われていた文語体の祈り方

3　私のこと

小さな村の　その人は　小学校指定の写真屋で　遠足の
ときはオートバイの荷台に写真機材を乗せて同行する
小学校一年の遠足のとき　長距離を歩けない私は不参加
になるはずであったが　その人は　オートバイに乗せて
連れて行くという

オートバイのガソリンタンクに私を跨らせて　ハンドル
の少し内側を握らせ　胸の中に包み込むようにして走っ
た　エンジン音に負けないくらい大きな声で　大丈夫か
大丈夫かと耳元で叫ぶ

歩けなければ不参加という当時の条理　一人だけオートバイに乗せられて参加するという世間での不条理　をその人はどのようにして覆せたのだろうか　ガソリンタンクに私を跨らせ　胸の中に包み込んで　そんな声も遮っていたのだ

悲しいのは古希を迎えてそれに気づく私

4　その人の妻のこと

貧しさが罰だと思われていた頃　その人の家に遊びに行くと　その人の妻が夕食にカレーを作ってくれた　そのカレーは　フライパンで小麦粉を炒って少し焦がしてか

ら　カレーパウダーを入れてルーを作る　それからジャガイモなどを煮込み　とろみには片栗粉を使って　鍋一杯のカレーを作るのだ　当時カレーは特別のご馳走でまだあるよ　もっと食べなよ　とすすめる　肉の入らなかったときは　ニクラシクテカワイイデショウ　などとおどけても見せる

その人の妻が亡くなったのは　二十年程前　キリストの最後の晩餐を記念する聖木曜日　亡くなる前のせわしない苦しそうな呼吸が　春の冷たい風に共鳴していて　今も耳にある

それにしても元気な時　二人はどんな会話をしていたのか　特に若い女を引きとって家に住まわせたときなど

結局は不自由さにも従順で　その人の信じているものにも従順であったのだ　幸せだったのか　などとは問わない　正しい人が必ずこの世で報われるとも思っていないし　所詮仮の空の下と　その人も妻も思っていたのだろうから

その人の妻が亡くなった後　その人の右腕には妻が付けていた小さな盤面の腕時計があって　右腕と左腕の　両腕に時計をするおかしさ　それがその人の悲しみ方だと悟った　そしてその時計もいつの間にか外されている事を知った時　止まってしまった時計を見ながら　二回目の妻の看取りを行ったのではないか　と思った　誰にも知らせずたった一人悲しい顔をして

すすめられるままに　何のためらいもなく　多分その人たちの分のカレーまで食べ尽して　今ここに私がいる
私があるという事実は　私も仮の空の下にいる　などとは言えぬ空の鍋の優しさなのだ　緑色のセキセイインコを肩に止まらせて　その人のカメラに　笑顔を向けているその人の妻の写真を見てそう思うのだ

5　マナ*のこと

旧約の時代　エリムとシナイの間にあるシンという荒れ野で　モーセが祈ると　空腹を忘れる程度の　不満を僅かに満たす程度の　マナ　が降った　だがマナを降らせたのはモーセ自身ではなく　慈しみ深い方が降らせたの

だ

その若い女にしても　私にしても　その人との食卓には
何時もマナが置かれていたことに気づく　モーセのマナ
も　その人のマナも永遠に生きる糧ではなかったが　そ
こに辿り着く　きっかけ　ではあった

敗戦の混乱の中で　若い女のためにマナを願った　その
人は　マナを願った時よりも小さくなってこの世を去っ
た　あの事をその小さな体に仕舞い込んでこの世を去っ
た　その人の最後の願いは　思いも体も　風のように
あるいは風化するように　息を引きとる事であったと思
う　だが晩年の理事（ことわりごと）のように　病気と怪我に苛まれ　苦
しみに耐える時間が　この世を去るための儀式となった

その人　でもそんな終わり方なのかと　悲しく納得する

米粒ほどの火葬された骨を口に含む　味はなく口の中で
骨の白さを思った　そっと嚙み砕くと　シャリシャリと
私だけにしか聞こえない音がして　その人があの若い女
と共に祈ったであろう祈りの一節を　骨を呑み込みなが
ら呟いてみた　われらの日用の糧を今日もわれらに与え
給え　骨の感触が私に残った

＊　マナ　旧約聖書「出エジプト記」から引用　新天地にむかうイスラ
エル人が飢えた時、モーセの祈りに応じ、神が天からパンに似たマナ
を降らせた

あとがき

　読んでくださる方の心をときめかせるような詩が書ければよいのだが、日記のように暗く重いことばかりを書いているような気がする。強いて「弱者の味方」になろうと思っているわけではない。隣人を裁いたり、憎んでいるつもりもない。ただ社会の喧騒のなかでは、強いものが正義、そんな図式に騙されそうになる。だから、自分のこと、親兄弟、孫そして宗教等を通して自分の位置を確かめているのである。書く者の責任として、まずは自分に引き寄せる必要があると思っている。

　障害者施設「津久井やまゆり園」の事件から三年五か月余りが経ち、漸く初公判が開かれた。私も障害がある身だから、命の重さ、などと言う言葉では言い表せない緊張感がある。裁判は長期になるだろうか。問題は裁くことではなく、彼の償いの「刻」にどのように寄り添うかではないだろうか。

この詩集を編集し終えたところで、妻に読んでもらい感想を求めながら、詩集のタイトルは何にするかと聞いた。「ゆっくり五秒」が良かった、と言うことでこれをタイトルにした。「アムプータ」もそうであるが孫の事を書いた詩である。障害を持った歩（あゆむ）が長男のところに生まれて来てくれたことを感謝している。色々なことに気づかせてくれるし、何よりも彼自身が四人家族の中の一員であることを自覚し喜び、ここに生まれたからこその幸せを味わっている、と見えるからである。

表紙絵は、一番上の孫娘が「この絵が一番好き」と言ってくれたのでこの絵にした。決してうまい絵ではないが、とりあえず家族全員で作り上げた詩集である。こんな詩集があってもいいだろう。

この詩集の上梓を提案してくださった村椿四朗氏、編集に際し適確なアドバイスをしてくださった土曜美術社出版販売社主の高木祐子氏に感謝申し上げる。

最後に私は決して暗い人間ではない事をここに書き記し、ペンをグラスに持ち替える。

二〇二〇年一月六日　「御国が来ますように」と祈りながら

井上英明

著者略歴

井上英明（いのうえ・ひであき）

１９４８年　群馬県太田市に生まれる
１９７６年　詩集『鳥山挽歌』（太田詩人クラブ）刊
１９８３年　詩集『受胎告知』（書肆いいだや）刊
１９８９年　詩集『サンタクロースがやって来る』東国叢書①（紙鳶社）刊
２００８年　詩集『一粒の麦は、―戦没者追悼詩集』（風書房）刊
２０１６年　詩集『日常から』えぽ叢書①（明文書房）刊
２０１８年　詩集『その人に―ウバルド・霜鳥俊一さんの逝去を悼んで―』（クロールの会）刊
２０１９年　詩画集『巡礼』（書肆山住）刊

所属団体　群馬詩人クラブ、日本現代詩人会、日本詩人クラブ、日本キリスト教詩人会会員
　　　　　詩誌「東国」「エッセンス」「日本未来派」「野ばら」（いずれも加入順）

現住所　〒三七三―〇八〇六　群馬県太田市龍舞町五四六七

詩集　ゆっくり五秒（ごびょう）

発行　二〇二〇年五月二十四日

著者　井上英明
装丁　直井和夫
発行者　高木祐子
発行所　土曜美術社出版販売
〒162-0813　東京都新宿区東五軒町三―一〇
電話　〇三―五二二九―〇七三〇
FAX　〇三―五二二九―〇七三二
振替　〇〇一六〇―九―七五六九〇九

印刷・製本　モリモト印刷
ISBN978-4-8120-2563-5　C0092